Le poisson bleu de monsieur Chagall a disparu !

Auteur
Valérie Lévêque
Illustrateur
Hervé Gourdet

Tôt ce matin, comme à son habitude, monsieur Paul arrive en sifflotant au travail.
Il est gardien de musée : il surveille les tableaux de Marc Chagall, son peintre préféré.

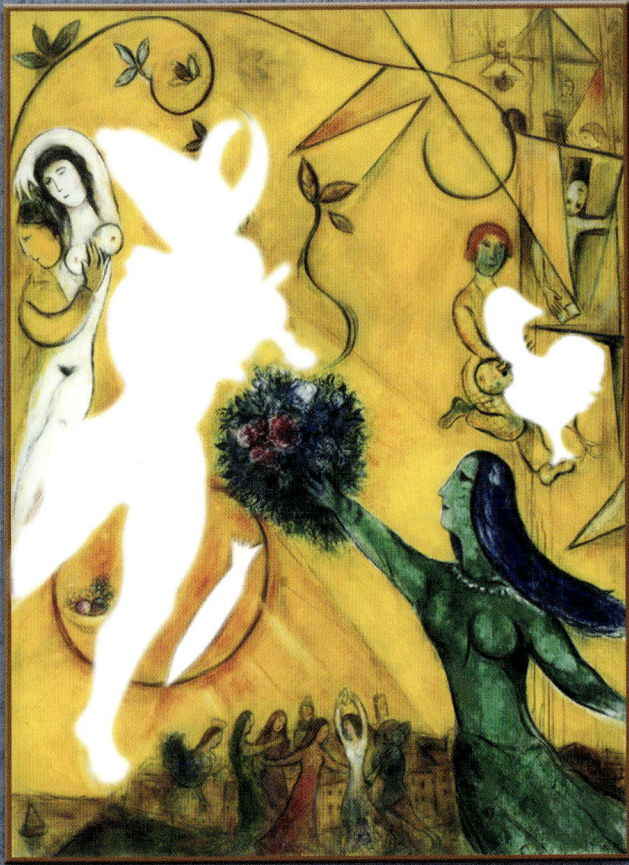

En entrant dans la salle,
il remarque tout de suite
que quelque chose a changé.

Mais quoi ?

Il regarde tout autour de lui
et soudain comprend
ce qui ne va pas.
    « *AU VOLEUR !!!*
        AU VOLEUR !!! »
crie monsieur Paul.

Le directeur du musée, la dame de l'accueil
et la secrétaire se précipitent dans la grande salle.

Monsieur Paul, le visage tout blanc,
pointe le doigt vers un tableau :

« Regardez ! Le poisson bleu a disparu !! »
et il ajoute d'une voix désespérée :
« On a volé tous les animaux ! »

Plus de poisson bleu,
de poisson-aiguille
ou de poisson orange.

Plus de poney vert.
Plus de cheval ailé.
Plus de petit âne bleu.

Plus de cerf bleu, ni même de cerf jaune.
Plus de poule à l'envers,
plus de petites poules blanches
ni de gros coq blanc à l'endroit,
ni même de poule prune,
ou de poule au tambour.

Plus de bouc musicien.
Plus de chèvre au violoncelle,
ni de chèvre au candélabre.
Plus d'oiseau-lyre,
plus de bel oiseau rouge,
plus d'oiseau multicolore,
plus de colombe,
plus d'oiseau-phoque...

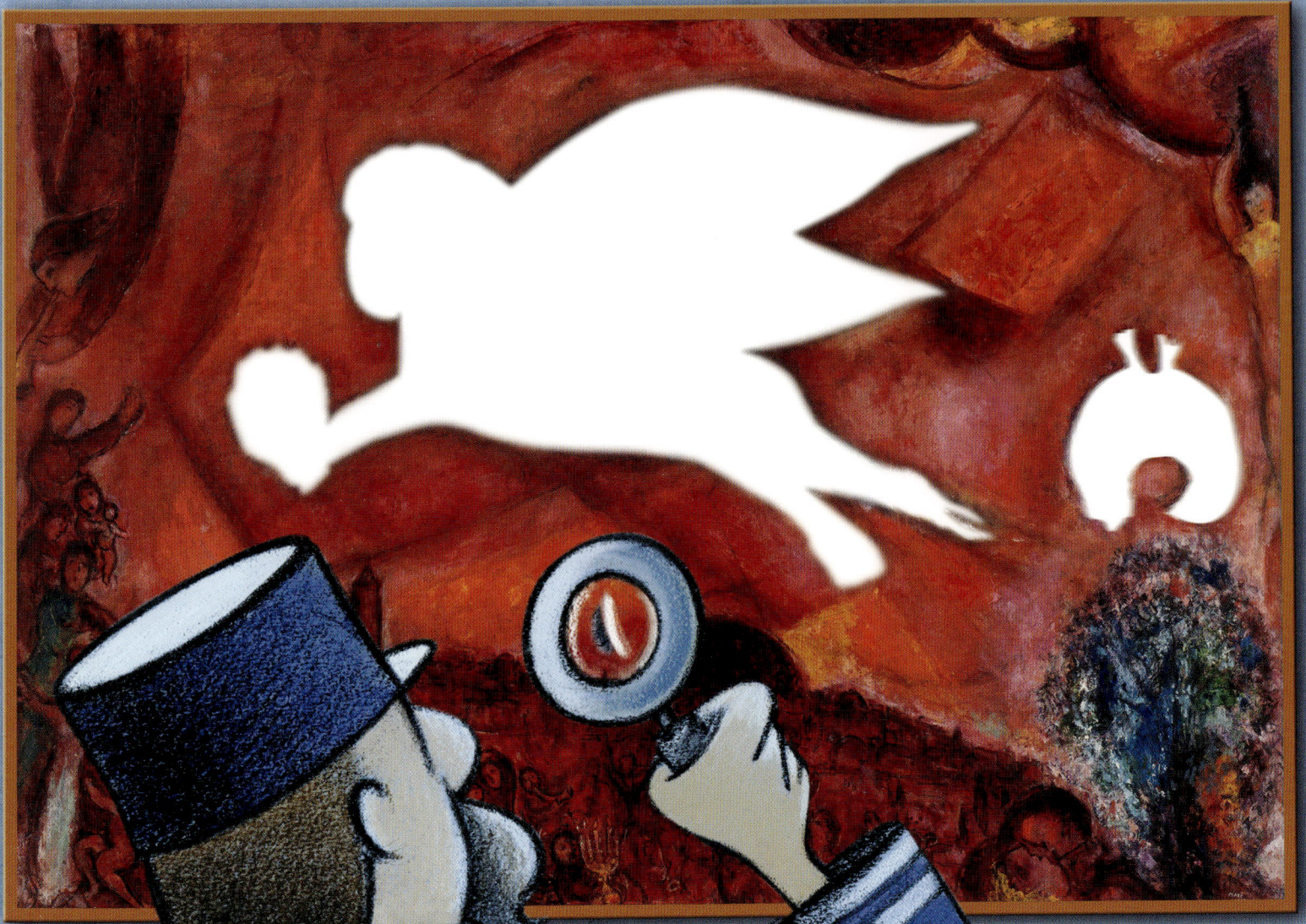

Le directeur du musée
téléphone immédiatement à la police
et aux plus grands spécialistes de Chagall.

Le commissaire de police fait son enquête et dit :

« *Personne n'est entré dans le musée pendant la nuit.
C'est incompréhensible.* »

Les spécialistes examinent les tableaux. Ils les tournent
et les retournent dans tous les sens.

Ils se grattent la tête et disent en soupirant :
« *C'est incompréhensible.* »

« *Où sont passés les animaux ?* »
se demandent le directeur,
monsieur Paul,
le commissaire de police
et les spécialistes.

Ils sont tellement occupés
à regarder les tableaux
qu'ils ne voient pas passer
devant la fenêtre...

... le poisson bleu.

Au coin de la rue, le poisson bleu
se retrouve face à face avec une petite fille.

Lorita est en chemin pour l'école.

Elle s'arrête d'un coup, stupéfaite
en voyant le gros poisson bleu
s'approcher d'elle.

Lorita n'a que 6 ans,
mais elle sait depuis longtemps
que les poissons nagent dans la mer
et ne se promènent pas dans l'air.

Elle n'a pas peur du tout
car le poisson a l'air très gentil.

Elle aimerait bien rester à le regarder,
mais elle a peur d'être en retard.
Personne ne la croira si elle explique
qu'elle a rencontré un poisson bleu
dans la rue.

« Un poisson bleu qui vole
Ça n'existe pas, ça n'existe pas
Un poisson bleu qui a une main
Ça n'existe pas, ça n'existe pas
Eh ! pourquoi pas ?
chantonne Lorita

Elle se retourne et s'aperçoit que le poisson bleu la suit.

C'est très bien, se dit-elle. Comme cela tout le monde me croira.

Bien vite, derrière elle, il y a des enfants émerveillés,

des parents ébahis et des passants tout ahuris.

Lorita arrive très fière devant son école.

La directrice de l'école n'en croit pas ses yeux.
Elle appelle aussitôt la police et les pompiers.
Qui sait, cet étrange animal est peut-être dangereux !

Monsieur Paul et le directeur accourent lorsqu'ils entendent
dire qu'un poisson bleu se promène dans la rue.

« C'est NOTRE poisson ! » s'écrient-ils en chœur.

Tous tentent de l'attraper, mais le poisson
est insaisissable. Il flotte dans les airs
et monte haut, très haut,
dès qu'on essaie
de le capturer.

Même
avec leurs grandes
échelles, les pompiers
n'y arrivent pas.

Le poisson finit par disparaître si haut dans le ciel
qu'on ne voit plus qu'un petit point bleu.
Lorita et les enfants sont tristes de le voir s'éloigner,
mais très heureux que les pompiers
n'aient pas réussi à l'attraper.

Monsieur Paul et le directeur du musée sont soulagés.
Les animaux n'ont pas été volés. Ils se sont ENVOLÉS !
« *Les autres animaux doivent sûrement se promener quelque part.*
On va les retrouver et les ramener au musée »
dit le gardien d'un air décidé.

Il ne se trompe pas.

Les uns après les autres, tous les
animaux réapparaissent.

Ils semblent flotter dans les airs comme de petits
nuages, comme des peluches douces et légères,
comme des barbes à papa jaunes, bleues ou rouges,
comme des ballons multicolores.

Ils sont drôles et parfois étranges. Certains
se ressemblent, mais ils ne sont jamais
exactement les mêmes.

À New York, Andrew se réveille.
Il ouvre les rideaux
et découvre éberlué
un petit âne bleu
suspendu
dans le ciel.

À Kyoto, Miho
contemple émerveillée
un cheval ailé qui danse
au-dessus des cerisiers.

24

À Rio de Janeiro,
Pedro voit un cerf
jaune et un cerf bleu
tourbillonner au-dessus
de l'océan.

À Moscou, Tatiana est réveillée
par un bouc jouant
du violon devant
sa petite isba.

À Dakar, Babakar aperçoit
une poule à l'envers
qui virevolte sur la plage.

Et quand Lorita prend son bain dans la soirée,

elle retrouve le poisson bleu

qui s'amuse à faire éclater les bulles de savon.

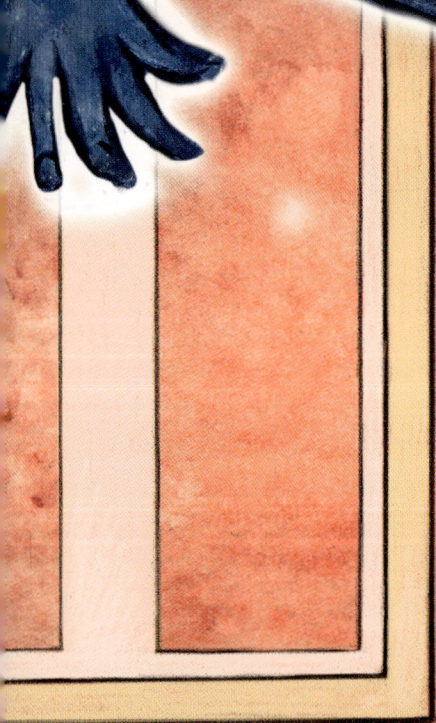

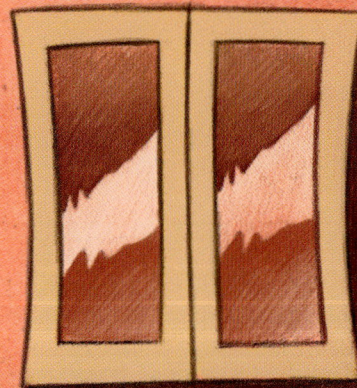

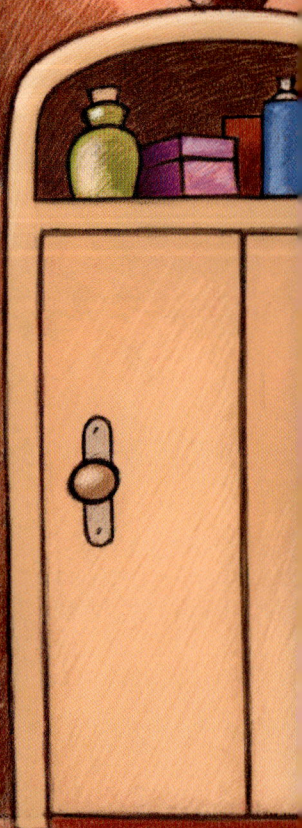

Pauvre monsieur Paul !
Il n'a pas de chance.
Les animaux de Chagall
semblent préférer les enfants.

Il ne rencontre ni le bouc musicien,
ni le poisson, ni le cheval ailé, ni l'âne,
ni encore la chèvre ou l'oiseau rouge.

Pourtant, il a fabriqué un filet à papillon
spécial, TÉLESCOPIQUE, qui peut
se déplier pour monter très haut.

Un jour, enfin, monsieur Paul distingue une forme colorée sur un balcon
tout en haut d'un immeuble. Il a le cœur qui se met à battre plus fort.
Il s'approche sur la pointe des pieds, déplie son filet géant
et HOP ! le jette sur l'animal.

Tout excité, il descend le filet, mais découvre alors
qu'il vient de capturer un joli perroquet
échappé de sa cage !

« Je n'y arriverai jamais »
se lamente-t-il.

Il rentre au musée découragé.

Il y a de moins en moins
de visiteurs.

Si ça continue, le directeur
va enlever les peintures,
et peut-être même
fermer le musée !

Monsieur Paul est bouleversé.

Soudain, il a une idée.
Il faut retrouver la petite fille
qui a vu le poisson bleu.

Le jour suivant, le gardien se rend
devant l'école à côté du musée.
Il reconnaît Lorita
et lui explique tout.

Elle comprend que les animaux
vont perdre leur maison
si le musée ferme.

Monsieur Paul la charge alors
d'une mission très importante :

prévenir le poisson bleu.

Sur le chemin du retour,
elle regarde partout dans les airs,
dans les arbres, sur les toits et les balcons.

Elle répète à voix basse :

« abracadabra, poisson bleu montre-toi ! »

Mais le poisson bleu ne se montre pas.

Lorita réfléchit car il faut vite prévenir les animaux.
Elle décide alors de préparer de grandes pancartes
avec tous ses amis pendant la récréation.

Après l'école, les enfants se mettent
à la recherche du poisson bleu.

Poisson bleu
Montre-toi
Rentre vite chez toi !

Mais le poisson bleu ne se montre toujours pas.

Le lendemain matin, il n'y a toujours pas le moindre petit animal
sur les tableaux. Monsieur Paul s'assoit sur son tabouret, désespéré.

Une ombre passe alors devant la vitre. Il lève la tête :

le poisson bleu est là !

Le gardien ouvre doucement la fenêtre,
et voilà le poisson bleu qui pénètre dans la pièce,
suivi de tous les animaux.

Monsieur Paul court chercher le directeur du musée.
« Le poisson bleu est revenu ! Ils sont tous revenus ! »

Et il prévient aussitôt Lorita. Elle a réussi !
Grâce à elle et à ses amis, les animaux sont de retour.

Pour remercier les enfants,
le directeur les invite à une grande fête
au musée en compagnie des animaux de Chagall.

Il y a l'oiseau-phoque,
le poisson-aiguille
les petites poules blanches
et la chèvre au candélabre.

Il y a le bouc musicien,

la poule prune

et le poisson orange.

Il y a le cheval ailé,

l'oiseau multicolore

et la poule à l'envers.

Il y a le petit âne bleu,

le bel oiseau rouge

et la colombe.

Il y a le cerf bleu, le cerf jaune.

Il y a la colombe

et l'oiseau-lyre.

Il y a le gros coq blanc à l'endroit
et la chèvre qui joue
du violoncelle.

Et il y a, bien sûr, le poisson bleu !

Il vit dans un tableau bleu avec le poney vert, la poule au tambour et une dame aux longs cheveux qui danse sur un air de violoncelle. Lorita se sent triste car elle ne pourra plus le rencontrer sur le chemin de l'école. Mais elle retrouve vite le sourire car juste avant qu'elle ne parte, le poisson bleu lui fait un clin d'œil !

Eh ! Pourquoi pas ?

Marc Chagall
(1887-1985)

Marc Chagall, né à Vitebsk, en Biélorussie, est l'aîné d'une famille de neuf enfants. La culture juive, les traditions bibliques, le petit monde de son enfance ont toujours été la source de son inspiration. C'est Vitebsk, avec ses petites maisons de bois, que l'on peut voir dans *Les Mariés de la tour Eiffel*. Le peintre a parcouru le monde, il a vécu à New York puis s'est installé définitivement en France.

Enfant il a donc vécu à la campagne, entouré des animaux de la ferme. Si l'on observe bien ses tableaux, on trouve toujours une chèvre, un âne, un cheval, une vache, ou encore une poule.
Et les poissons? Pourquoi Chagall peignait-il aussi souvent des poissons? C'est probablement en souvenir de son père, qui travaillait chez un marchand de harengs.

Mais pourquoi le poisson bleu a-t-il une main et vole-t-il dans les airs? Dans chaque tableau, Marc Chagall nous raconte une histoire peuplée de créatures fantastiques. On y trouve aussi un cheval ailé, un âne bleu, ou encore un étrange poisson-phoque...

Comme il aimait beaucoup la musique, les tableaux prennent souvent un petit air de fête grâce au bouc qui joue du violon, la chèvre du violoncelle ou bien la petite poule au tambour.

Chagall n'est pas seulement un grand peintre, il est aussi un merveilleux conteur.

Légendes et crédits photographiques

Direction des éditions
Henri Bovet

Directrice adjointe des éditions
Marie-Dominique de Teneuille

Chef du département du livre
Marie-Blanche Maillard

Responsable d'édition
Josette Grandazzi

Relecture
Cécile Reichenbach

Documentation photographique
Marie-José Lecoeur

Fabrication
Isabelle Loric

Conception graphique et mise en pages
Marine Hadjès

Photogravure
IGS, l'Isle-d'Espagnac

Impression et façonnage
Gibert Clarey à Chambray-lès-Tours, en France

© Éditions de la Réunion
des musées nationaux-Grand Palais, 2009
49, rue Étienne-Marcel, 75 001 Paris
© Adagp, 2009

Loi n° 49 456
du 16 juillet 1949 sur les publications
destinées à la jeunesse

1er Dépôt légal
mars 2010
Dépôt légal
mai 2013
ISBN : 978-2-7118-5552-0
JA 10 5552